문지스펙트럼

한국 문학선

1-011

누군가를 위하여

김광규

문학과지성사

한국 문학선 기획위원 김치수·홍정선·김동식

문지스펙트럼 1-011
누군가를 위하여

초판 1쇄 2001년 1월 7일
초판 2쇄 2014년 3월 21일

지은이 김광규
펴낸이 주일우
펴낸곳 ㈜문학과지성사
등록전호 제1993-000098호
주소 서울 마포구 서교동 395-2(121-840)
전화 02)338-7224
팩스 02)323-4180(편집) 02)338-7221(영업)
전자메일 moonji@moonji.com
홈페이지 www.moonji.com

ISBN 89-320-1223-7
ISBN 89-320-0851-5(세트)

누군가를 위하여

기획의 말

 1975년부터 발표되기 시작한 김광규의 시는 20세기 말 한
국 시에 의미 깊은 새로운 지평을 열어주었다. 그것은 '일상
시'의 지평이다. 여기서의 '일상'은 자동화된 습관적 삶을
뜻하는 것이 아니다. 그것은 생활 세계 속의 현실 체험이다.
그것은 "정치·경제·사회·문화의 일상, 깊은 산 속의 절이
나 바다 밑의 해조류, 그리고 2만 미터 상공의 하늘과 잠자
다가 꾸는 꿈…… 등을 모두 포함하는 것"이며, 무엇보다도
비판 의식과의 상호 작용 속에서 발견되는 것들이다. 이 일
상시는 시인과 독자 사이의 진정한 커뮤니케이션을 회복하
고자 하는 노력과 함께해왔다. 그래서 김광규의 시는 단순
성·명징성 등의 언어적 특징을 갖는 '쉬운 시'가 되어왔다.
그러나 그 '쉬운 시'가 단지 쉽기만 한 것이 아님을 간과해
서는 안 된다. 그 쉬움 속에는 사고의 복합성과 깊은 울림이
자연스럽게 녹아들어 있다. 김광규를 소개한 『문학과지성』
동인들은 처음부터 이 점을 명민하게 파악하고 있었고, 그래
서 "대상을 객관적으로 묘사하되 거기에서 획득하게 되는 인

간 정신의 질량을 세련된 언어로 연결하여 언어의 염증성과 사고의 복합성을 대결시킨다"라고 말했던 것이다. 김광규는 이러한, 쉬우면서도 쓰기 어렵고 일상적이면서도 비판적인 시를, 한 비평가가 지적한 것처럼, "아침나절에 맑은 정신으로 또박또박 써내려가"며 지난 26년 간을 매진해왔다.

김광규 시를 주제적으로 요약하자면 제도적인 것의 억압·허위에 대한 저항, 제도적인 것에의 순응·편입에 대한 비판이라고 할 수 있다. 그 저항과 비판을 시로 만드는 김광규 시의 방법적 요체는 아이러니와 리듬에 있다. 단순하고 명징한 언어 때문에 쉽게 읽고 지나가면 도처에 장치되어 있는 아이러니를 때때로 간과할 수 있다. 아이러니를 남김없이 읽어내고 그리하여 김광규 시의 맛과 깊이를 온전히 향유하기 위해서는 난해시의 경우보다 오히려 더 공들여 해독할 필요가 있는 것이다. 한편 김광규 시의 리듬에도 각별히 주목할 필요가 있다. 김광규 시의 리듬은 소리상의 리듬보다는 의미상의 리듬에 한층 더 중점을 두고 있는데, 두 가지 리듬 사이의 관계를 깊이 음미할 때 김광규 시는 그 내밀한 모습을 풍요롭게 내보인다. 대체로 소리상의 리듬은 청각적 감성에 호소하며 때로 비지적(非知的)인 일종의 최면 효과에 의지하는 데 반해, 의미상의 리듬은 지적 이해를 통해서만 구현과 전달이 가능하다. 또한, 소리상의 리듬은 모국어와 불가분의 관계에 있는 것이어서 번역하면 대부분 손상되지만,

의미상의 리듬은 번역을 통해 구현되기가 용이한 편이다. 이는 외국어로 번역된 김광규 시가 외국언어권에서 환영받는 이유 중의 하나일 것이다.

독일어권에서 김광규 시에 대한 반응은 자못 놀라운 바가 있다. 독역 시선집 『조개의 깊이 *Die Tiefe der Muschel*』가 1999년 빌레펠트에서 출간되기도 했지만, 그 훨씬 전부터 수차에 걸쳐 독일 각지에서 작품 낭독회를 가져왔는데 그때마다 기대 이상의 환영을 받았다. 더욱이 독일 시인 하이제와 슈타우다허의 김광규론을 보면 김광규 시가 그들에게 이렇게 잘 이해되고 있구나, 하는 점에 놀라게 되는 것이다. 이는 리듬 문제만이 아니라 김광규 시에 어떤 문학적 보편성이 존재한다는 사실을 강력히 시사해준다.

시력 26년 동안 김광규는 시속(時俗)에 휩쓸리지 않고 변함없는 자기만의 시적 탐구를 계속해왔다. 물론 그 전체적인 변함없음 속에서는 또한 섬세하고 미묘한 변화들이 끊임없이 있어왔던 게 사실이다. 그 불변 속의 다채로운 변화들을 이제 한자리에 모아놓고 한눈에 살펴볼 필요가 있다는 게 이 책이 꾸며지는 주된 이유이다. 이 중기 시선집과 초기 시선집 『희미한 옛사랑의 그림자』를 한데 합치면 김광규의 시력 26년의 전체적 결산이 된다.

2001년 1월
기획위원

차례

기획의 말 / 7

1986년 여름~1988년 가을
감나무 바라보기 / 17
하얀 비둘기 / 19
달팽이의 사랑 / 21
잠자리 / 23
나뭇잎 하나 / 25
가을날 / 27
밤 눈 / 30
나무 / 31
좀팽이처럼 / 32
대장간의 유혹 / 34
재수 좋은 날 / 36
부끄러운 월요일 / 37
아빠가 남긴 글 / 39
작은 꽃들 / 41

동서남북 / 42

대웅전 뒤쪽 / 44

문 앞에서 / 45

1986년 여름~1990년 가을

봄놀이 / 51

연통 속에서 / 53

그 집 앞 / 54

자라는 나무 / 55

느티나무 지붕 / 57

오솔길 / 59

초겨울 / 61

진양조 / 63

백조의 춤 / 64

龍山寺 / 65

새 기르기 / 66

五友歌 / 68

이끼 / 69

아니리 8 / 71

노동절 / 73

그이 / 74

1990년 늦가을~1994년 봄

까치의 고향 / 79

노루목 밭터 / 81

P / 82

형이 없는 시대 / 84

미끄럼 / 85

어느 選帝侯의 동상 / 87

바닥 / 88

어둠 속 걷기 / 89

물길 / 91

화초의 가족 / 92

자리 / 93

나쁜 놈 / 95

라인 강 / 97

세검정 길 / 98

갈잎나무 노래 / 99

熱帶鳥 / 100

그리마와 귀뚜라미 / 101

1994년 여름~1998년 이른봄

중얼중얼 / 105

대성당 / 107

석근이 / 108

탄곡리에서 / 110

주머니 없는 옷 / 112

바지만 입고 / 113

동해로 가는 길 / 115

길을 물으면 / 117

시름의 도시 / 118

새밥 / 120

느릿느릿 / 122

시조새 / 124

돌이 된 나무 / 125

나무로 만든 부처 / 126

끝의 한 모습 / 128

쓸모 없는 친구 / 130

밤새도록 잠 못 이루고 / 131

누군가를 위하여 / 132

서울에서 속초까지 / 134

가진 것 하나도 없지만 / 136

나의 시를 말한다 / 138

작가 연보 / 146

원문 출처 / 150

1986년 여름~1988년 가을

감나무 바라보기

나뭇잎 모두 떨어지고
열매만 빨갛게 익어

아름답구나
맛있겠구나

그런 생각 다 버리고
멍청하니
오랫동안
감나무를 바라보면 어떨까

바쁘게 달려가다가
힐끗 한번 쳐다보고
재빨리 사진 한 장 찍은 다음
앞길 서두르지 말고
그 자리에 서서 또는 앉아서

홀린 듯
하염없이
감나무를 바라보면 어떨까
우리도 잠깐
가을 식구가 되어

하얀 비둘기

애초에 비둘기를 기를 생각은 전혀 없었다.

다만 비 오는 날 떼지어 날아다니는 비둘기가 몹시 축축하게 보여서, 구멍이 네 개 달린 비둘기집을 만들어 예쁘게 페인트 칠을 한 다음, 옥상 창문 위에 달아주었을 뿐이다.

그러나 사람의 마음 아랑곳없이 비둘기는 한 마리도 이곳에 날아들지 않았다.

십 년이 지나도록 마찬가지였다.

그 동안 비바람에 시달려 비둘기집은 칠이 벗겨지고 나무가 썩어서 보기 흉하게 되었다. 차라리 떼어버리는 것이 나을 듯싶었다.

그런데 며칠 전에 마당을 쓸다가 보니 하얀 비둘기 두 마리가 그 속에 앉아 있지 않은가.

우리 비둘기집은 다 낡아버린 뒤에야 비로소 비둘기의 마음에 들었나보다.

비둘기의 그 조그만 가슴 속에 다른 하늘과 다른 땅이 있고, 그 가는 핏줄 속에 다른 물이 흐르고 다른 바람이 불고 있음을 나는 십 년 동안이나 몰랐던 셈이다.

달팽이의 사랑

장독대 앞뜰
이끼 낀 시멘트 바닥에서
달팽이 두 마리
얼굴 비비고 있다

요란한 천둥 번개
장대 같은 빗줄기 뚫고
여기까지 기어오는 데
얼마나 오래 걸렸을까

멀리서 그리움에 몸이 달아
그들은 아마 뛰어왔을 것이다
들리지 않는 이름 서로 부르며
움직이지 않는 속도로
숨가쁘게 달려와 그들은
이제 몸을 맞대고

기나긴 사랑 속삭인다

짤막한 사랑 담아둘
집 한 칸 마련하기 위하여
십 년을 바둥거린 나에게
날 때부터 집을 가진
달팽이의 사랑은
얼마나 멀고 긴 것일까

잠자리

늦가을 엷은 햇살
빨랫줄 위에
꽁지를 약간 치켜들고
잠자리 한 마리

커다란 눈
가느다란 목
비치는 날개

가볍게 하르르 날다가
감나무 가지 끝에
사뿐히 옮겨 앉는다

바람도 잠시 숨죽이고
모든 눈길이 자기에게 쏠려도
잠자리는 외치지 않는다

눈물 흘리지 않고
노래 부르지 않는다

꼼짝도 하지 않고
무게도 없이
그저 제자리에
머물러 있을 뿐

나뭇잎 하나

크낙산 골짜기가 온통
연록색으로 부풀어올랐을 때
그러니까 신록이 우거졌을 때
그곳을 지나가면서 나는
미처 몰랐었다

뒷절로 가는 길이 온통
주황색 단풍으로 물들고 나뭇잎들
무더기로 바람에 떨어지던 때
그러니까 낙엽이 지던 때도
그곳을 거닐면서 나는
느끼지 못했었다

이렇게 한 해가 다 가고
눈발이 드문드문 흩날리던 날
앙상한 대추나무 가지 끝에 매달려 있던

나뭇잎 하나
문득 혼자서 떨어졌다

저마다 한 개씩 돋아나
여럿이 모여서 한여름 살고
마침내 저마다 한 개씩 떨어져
그 많은 나뭇잎들
사라지는 것을 보여주면서

가을날

누가 부는지 뒷산에서
서투른 나팔 소리 들려온다
견딜 수 없는 피로 때문에
끝내 약속을 지키지 못했다는
그의 말이 문득 떠오른다
여름내 햇볕 즐기며
윤나는 잎사귀 반짝이던 감나무에
지금은 까치밥 몇 개
높다랗게 매달려 있고
땅에는 떨어진 열매들
아무도 줍지 않았다
나는 어디쯤 떨어질 것인가
낯익은 골목길 모퉁이
어느 공원 벤치에도 이제는
기다릴 사람 없다
차라리 늦가을 벌레 소리에 묻혀

지난날의 꿈을 꾸고
꿈속에서 깨어나
손짓하는 코스모스에게 묻고 싶다
봄에는 너를 보지 못했다
여름에는 어디 있었니
때늦게 길가에 피어난 꽃들
함초롬히 입 가리고 웃을 것이다
아직도 누군가 만나
나누고 싶은 이야기
굳게 입다물고
두꺼운 안경으로 눈 가리고
앓고 싶지 않은 병
온몸에 간직한 채 나는
아무렇지도 않은 듯
천천히 그곳으로 다가가고 있다
아득한 젊은 날을 되풀이하는

서투른 나팔 소리
참을 수 없는 졸음 때문에
마지막 기회를 잃어버렸다는
그의 말을 이제는 알 것 같다

밤 눈

겨울밤
노천 역에서
전동차를 기다리며 우리는
서로의 집이 되고 싶었다
안으로 들어가
온갖 부끄러움 감출 수 있는
따스한 방이 되고 싶었다
눈이 내려도
바람이 불어도
날이 밝을 때까지 우리는
서로의 바깥이 되고 싶었다

나무

봄이 와도 당신은 꽃씨를 뿌리지 않는다. 어린 나무를 옮겨 심지 않는다.

철 따라 물을 주고, 살충제를 뿌리고, 가지를 쳐주고, 밑동을 싸맬 필요도 없다.

이미 커다랗게 자란 장미, 목련, 무궁화, 화양목, 주목, 벽오동, 산수유, 영산홍, 청단풍, 등나무, 모과나무, 앵두나무, 감나무, 대추나무, 살구나무, 잣나무, 은행나무, 가이즈카향나무, 겹벚나무, 사철나무, 자귀나무, 대나무, 플라타너스, 느티나무, 소나무, 눈향나무, 박태기나무 들을 사들이면 되기 때문이다.

거대한 정원을 가득 채운 저 수많은 관상수들을 당신은 모두 나무라고 부른다.

당신은 참으로 많은 나무를 가지고 있다. 단 한 그루의 나무 이름조차 모르면서도.

좀팽이처럼

돈을 몇 푼 찾아가지고
은행을 나섰을 때 거리의
찬바람이 머리카락을 흐트려놓았다
대출계 응접 코너에 앉아 있던
그 당당한 채무자의 모습
그의 땅을 밟지 않고는
신촌 일대를 지나갈 수 없었다
인조 대리석이 반들반들하게 깔린
보도에는 껌 자국이 지저분했고
길 밑으로는 전철이 달려갔다
그 아래로 지하수가 흐르고
그보다 더 깊은 곳에는
시뻘건 바위의 불길이 타고 있었다
지진이 없는 나라에 태어난 것만 해도
다행한 일이지
50억 인구가 살고 있는

이 땅덩어리의 한 귀퉁이
1,000만 시민이 들끓고 있는
서울의 한 조각
금고 속에 넣을 수 없는
이 땅을 그 부동산 업자가
소유하고 있었다 마음대로 그가
양도하고 저당하고 매매하는
그 땅 위에서 나는 온종일
바둥거리며 일해서
푼돈을 벌고
좀팽이처럼
그것을 아껴가며 살고 있었다

대장간의 유혹

제 손으로 만들지 않고
한꺼번에 싸게 사서
마구 쓰다가
망가지면 내다 버리는
플라스틱 물건처럼 느껴질 때
나는 당장 버스에서 뛰어내리고 싶다
현대 아파트가 들어서며
홍은동 사거리에서 사라진
털보네 대장간을 찾아가고 싶다
풀무질로 이글거리는 불 속에
시우쇠처럼 나를 달구고
모루 위에서 벼리고
숫돌에 갈아
시퍼런 무쇠낫으로 바꾸고 싶다
땀 흘리며 두들겨 하나씩 만들어낸
꼬부랑 호미가 되어

소나무 자루에서 송진을 흘리면서
대장간 벽에 걸리고 싶다
지금까지 살아온 인생이
온통 부끄러워지고
직지사 해우소
아득한 나락으로 떨어져내리는
똥덩이처럼 느껴질 때
나는 가던 길을 멈추고 문득
어딘가 걸려 있고 싶다

재수 좋은 날

오늘은 별다른 일이 없었다
끔찍한 교통 사고도 일어나지 않았고
소매치기나 날치기를 당하지도 않았다
최루탄 때문에 눈물을 흘리지도 않았고
길가에서 가방을 열어보이지도 않았고
닭장차에 갇히지도 않았다
두들겨 맞거나
칼에 찔리지도 않았다
별일 없이 하루를 보낸 셈이다
밤중에 우리집에 불이 나거나
도둑이 들어오지만 않는다면
오늘은 아주 재수 좋은 날이다

부끄러운 월요일
— 1987. 4. 13

온 나라가 일손을 멈추고
한 사람의 목소리에
귀기울이던 날
마침 중간 시험이 시작되던 월요일
안경을 쓰고
넥타이를 매고
교단에 선 나 자신이
부끄럽고
창피해서
커닝하는 학생들을
잡아낼 수가 없었다
그들과
나와
그
누가 정말로 부정 행위를 하고 있는지
가려낼 수가 없었다

어느 한 사람인가
우리 모두인가
아니면 온 나라인가

아빠가 남긴 글

아빠가 갑자기 사라졌다고
당황할 필요는 없다
아빠가 네 곁에 없다고
세상이 달라지는 것은 아니다
다만 언제나 그렇듯 말조심하고
낮에도 문단속을 잘해야 한다
내일 저녁 초대에는 못 간다 알리고
글피는 민방위 훈련
불참 신고를 해다오
토요일은 엄마의 생일
케이크를 사다가 축하해주어라
그믐날은 할아버지 제삿날이다
축문을 미리 써놓았으니
너희들끼리 제사를 지내라
날씨가 더 추워지기 전에
화분을 들여놓는 것이 좋겠다

아빠가 돌아오지 못하더라도
슬퍼할 필요는 없다
머지않아 네가 아빠가 되고
그 다음에는 너의 딸이 엄마가 되면서
아빠와 비슷한 아들
또는 엄마를 닮은 딸이
같은 집 한 동네에서
변함없이 지금처럼 살아갈 터이니
몇 사람이 사라졌다고 해서
세상이 달라지는 것은 아니다

작은 꽃들

사방에서 터져올라간 최루탄 가스
마침내 하늘의 코를 찔렀나보다
때아닌 태풍에 비바람 휘몰아쳐
탐스런 목련꽃들 모조리 떨어뜨리고
새로 심은 가로수 뿌리째 뽑아놓고
서울빌딩 간판까지 날려버렸다
갓 피어난 작은 꽃들 애처롭게
몽땅 떨어졌을 줄 알았는데
철 늦은 꽃샘바람 지나간 뒤
길가의 개나리 눈부시게 노랗고
언덕 위의 진달래 활짝 피었다
빗속에 떨던 조그만 꽃이파리들
바람에 시달리던 가녀린 꽃줄기들
떨어져나간 간판 버팀쇠보다
오히려 굳세게 봄을 지키고 있구나

동서남북

봄에는 연록색 물결 북쪽으로
북쪽으로 퍼져 올라간다
철조망도 군사 분계선도 거리낌없이
북상한다
산맥을 넘고
들판을 지나서
진달래도 개나리도 월북한다
여름이면 뻐꾸기 노랫소리
개구리 우는 소리
어디서나 똑같다
가을에는 황금빛 물결 남쪽으로
남쪽으로 퍼져 내려온다
비무장 지대도 민통선도 거리낌없이
남하한다
강을 건너고
계곡을 지나서

코스모스도 단풍도 월남한다
겨울이면 시원한 동치미 맛
얼큰한 해장국 맛
어디서나 똑같다
동서남북 가리지 않고
온 세상을 하나로
하얗게 뒤덮는 눈보라
아무도 막을 수 없다

대웅전 뒤쪽

크낙산 뒷절 돌계단에
목탁 소리 염불 소리
부처님께 절하는 대신
샘물 한 모금 마시고
싸리비 자국 무늬진
옛 마당을 거닌다
대웅전 뒤쪽 빛 바랜
흰 소가 풀 뜯는 처마 밑
깨어진 기왓장 나뒹굴고
석가 탄신일 경축탑 버려져 있어
뒷골목 헛간처럼 응달진 곳
누군가 거기 있는 것 같아
걸음 멈추면 실고사리
잎을 흔들며 사라지는 기척
한 번도 본 적 없는 뒷모습이
마음을 언뜻 스쳐가고

문 앞에서

탈의실 같은 곳이었다.
모두 벌거벗은 채 빈손으로 문 앞에 서 있었다.

신문에서 자주 본 ㄱ씨의 얼굴이 제일 먼저 눈에 띄었다.
항상 겨드랑이 밑에 권총을 차고 다니며, 부하들을 지휘하여
시민을 연행하던 그가 벌거벗은 채 혼자 서 있는 것은 매우
어색해 보였다.

ㄴ씨도 거기에 있었다. 그는 광활한 토지와 수많은 고층
빌딩과 자가용 비행기를 가지고 있었다. 그런데 경호원도 없
이 맨몸으로 서 있는 그의 모습을 보니 아주 초라했다.

우스꽝스런 몸매로 한쪽 구석에 서 있는 사람은 낯익은 얼
굴이었다. 언제나 최신 유행 의상을 걸치고 텔레비전 화면을
드나들던 ㄷ씨였다. 벌거벗은 그의 엉덩이에는 커다란 반점
이 하나 있었다.

청소원 ㄹ씨는 덤덤한 미소를 짓고 있었다.

거무튀튀한 제복에 주황색 조끼를 입고 그는 매일 새벽 냄

새나는 쓰레기를 치웠다. 이제 그는 작업복을 벗어버리고 홀가분하게 서 있었는데, 힘든 일로 다져진 근육이 오히려 보기 좋았다.

제일 먼저 호명당한 사람은 ㄱ씨였다. 그는 자신 있게 어깨를 흔들며 문안으로 들어갔다. 그러나 곧 비명이 들려왔다. 그의 비명은 아무도 들어본 사람이 없었다.

불안하고 초조한 빛으로 서성이다가 뒤이어 들어간 ㄴ씨도 외마디소리를 질렀다. 여태껏 그가 한 번도 내본 적이 없는 그런 소리였다.

ㄷ씨는 겁이 나서 밖으로 도망치려다가 붙잡혔다. 왁살스럽게 안으로 끌려들어가면서 그는 꼬리를 붙잡힌 생쥐처럼 몸부림쳤다.

뜻밖에도 ㄹ씨는 친절한 안내를 받으며 문안으로 들어갔다. 청소비를 받으러 왔을 때처럼 겸손한 그의 목소리가 안에서 들려왔다.

도대체 저 문 안에서 무엇을 하는지 알 수 없었다.

마른침을 삼키며 나는 문 앞에서 나의 차례가 오기를 기다렸다.

1986년 여름~1990년 가을

봄놀이

아스팔트길에서 골목길로
다람쥐처럼 쪼르르
달려들어간다
전봇대 옆길에서 한길로
고양이 새끼들처럼 후닥닥
뛰어나온다
조그만 자전거를 한 대씩 타고
자동차들 사이로 쏙쏙
누비고 다니며
아슬아슬하게 숨바꼭질 벌인다
마을 버스를 급정거시키고
두부장수 오토바이와 하마터면
정면 충돌을 할 뻔한다
발갛게 얼굴이 상기된 꼬마들
온갖 걱정 아랑곳없이
어른들의 노곤한 발걸음 사이로

바람처럼 빠져가는 개구쟁이들
그들은 한곳에 머물지 않는다
뒤돌아보며 앞을 내다보며
두리번거리지 않는다
조심스럽게 살아갈 필요도 없이 그들은
온몸으로 놀고 있는 봄이다

연통 속에서

바닷가 나무 없는 벌판에
직각으로 꺾어진 시멘트 건물
겨우내 비워둔 방
석유 난로 연통 속에서
새끼 참새 우짖는 소리
짚가리도 처마도 없고
아무데도 깃들일 곳 없어
바람 막힌 연통 속에
보금자리를 틀었다
음산한 서북향 연구실에서
난롯불도 못 피우고
주머니에 손을 찌른 채
창가를 서성거린다
연통 속에서 함석을 긁는
새발짝 소리 안쓰러워

그 집 앞

이어폰 귀에 꽂고
워키토키 한 손에 들고
방독면 옆에 차고
비가 오나 눈이 오나
2년 반 동안
그 집 앞에 서 있었다
옛날에는 사성 장군이 살았고
한때는 국가의 재산이었던
견고한 로마네스크 양옥집
지금은 비어 있는 커다란
그 집을 지키면서
2년 반 동안
눈이 오나 비가 오나
사복으로 골목길 입구에 서서
국토 방위의 임무를
다했다

자라는 나무

실뿌리가 자라서
굵은 뿌리 되고
나무 밑동에서 조금씩
조금씩 줄기가 생겨 갈라지고
줄기에서 나뭇가지 퍼져나가
가지마다 수많은 이파리 돋아나고
마침내 하늘을 가리는
커다란 나무가 된다 보아라
땅으로부터 하늘을 향하여 나무는 위로
위로 자라는 것이다
그러나 자세히 보면 위로
아래로 힘껏 온몸을 뻗으며
실처럼 가늘어지는 나뭇가지들
그 무수한 가지 끝마다
햇볕이 쌓이고
빗방울이 머물고

바람이 걸려 조금씩
조금씩 줄기를 기르고
밑동을 굵게 살찌우고
마침내 땅속으로 들어가
엄청나게 많은 뿌리로 갈라지며
넓고 깊게 퍼져나간다 보아라
하늘로부터 땅을 향하여 나무는 아래로
아래로 자라는 것이다

느티나무 지붕

 갑자기 한밤중처럼 어두워졌다. 번개의 뒤를 따라 아스팔트 길바닥에 통나무 쓰러지는 소리가 나더니 억수같이 비가 쏟아지기 시작했다. 마치 퍼붓기라도 하듯, 한 시간 가까이 장대비가 쏟아졌다.

 집집마다 지붕이 새고, 지하실에 물이 들어오고, 사방에서 축대가 무너져 가옥이 매몰되고, 하수구가 막혀 도로가 침수되고, 강이 넘쳐흘러 논밭이 떠내려갔다. 물이 들지 않은 집도 가재 도구는 물론 마음속까지 모두 축축하게 젖어 있었다.

 다만 동네 한가운데 있는 정자나무 아래만 예외였다.

 나이가 백 살도 넘었다는 이 커다란 정자나무 아래서 마을 노인들은 여름이면 장기나 바둑을 두었다. 두 아름이 넘는 나무 밑동을 둘러싸고 나지막이 돌멩이로 축대를 쌓아 걸터앉게끔 만든 이 쉼터에서 꼬마들은 묵지빠를 하거나 만화를 읽기도 했다.

 바로 이 쉼터만은 놀랍게도 전혀 비에 젖지 않았다. 흙에서 먼지가 날 만큼 보송보송했다.

느티나무 그늘이 짙은 것은 진작부터 알고 있었지만, 그 많은 나뭇잎들이 모여서 이처럼 완벽하게 지붕 노릇을 하리라고는 생각지 못했었다.

오솔길

지장보살 앞에 놓인
亡者들의 사진
내 또래도 눈에 띄고
젊은 얼굴도 더러 있다
나도 꽤 오래 살았구나
손주의 운동화 빌려 신고
절을 찾아온 할머니들과
중년 등산객들 틈에 끼여 서서
冥府殿을 기웃거린다
어둑한 침묵의 한구석에
목탁과 福錢函
주민등록증과 돈지갑이 들어 있는
바른쪽 속주머니를 지나
갈빗대 밑에서
뜨끔거리며 자라는 죽음
어버이를 잃거나

자식을 낳거나
먹고 마시고 즐기며
五十年을 어질러놓은 자리
서둘러 대충대충 치우려 해도
이제는 빠듯한 시간이다
아무도 눈치채지 못하게
슬픔의 배낭 조금씩 줄이고
그림자 슬며시 숲속에 남겨두고
일찍 어둡는 산길
혼자서 총총히
떠나야겠구나

초겨울

혼자 사는 데 곧 익숙해지겠지
외국에 간 자식들 소식 없고
세금 고지서만 꼬박꼬박 날아오겠지
외기러기 친구들과 어울려
어쩌면 성당에 나가겠지
새벽 기도를 하고
열심히 설교를 듣고
신부님 칭찬을 기뻐하겠지
온종일 봉사 활동 쫓아다니고
고단하게 쓰러져 하루하루를 잊겠지
뒷산에서 소쩍새 우는
옛날 집 팔아버리고
마침내 아파트로 이사하여
난방비가 인상될 때쯤
허리병 때문에 드러눕겠지
잠마저 잃고

꿈마저 빼앗기고
환한 웃음마저 눈물로 되갚으며
혼자 앓는 데 곧 익숙해지겠지
그리고 아무도 익숙해질 수 없는
앞날을 기다리겠지
그 긴 순간을 기다리겠지

진양조

가늘게 떨리다가
굵게 울리다가
떨림과 울림 사이에서
잠깐 멈추기도 한다
줄과 줄 사이에서
그 침묵까지도
동양화의 여백처럼
소리로 들려주면서

백조의 춤

무모한 짓이다
사람이 백조를 흉내내다니
(백조가 보면 얼마나 우스울까)
하지만 발끝으로 서서 가볍게
두 팔로 날갯짓하는
저 부드러운 움직임
하얀 넋을 보여주는
저 꾸며낸 몸짓
저것은 백조가 흉내낼 수 없는
사람의 놀이 아닌가

龍山寺

사랑과 복을 비는 만수향 연기
잡다한 神들을 까맣게 그슬리고
지폐를 태워버리는 불길
지붕 위로 피어올라
龍이 되었다
바람을 삼키고
구름을 낚아채면서
당장이라도 하늘로 날아오를 듯
용마루 위에서 꿈틀거리는
간절한 소망들 때문에
大廈의 드높은 창문에서조차
이 寺院을 내려다볼 수 없다
올려다보아야 한다

새 기르기

뒷문 삐거덕 열리면
아줌마가 부르기라도 한 듯
새들이 우르르 날아내려와
오동나무 아래 쓰레기터에서
곁밥을 먹는다
까치는 꽁치 찌꺼기를 좋아하고
비둘기는 콩나물 대가리를 집어먹고
참새는 밥알갱이를 줍는다
왁자지껄 떠들어대지 않고
먹이 때문에 다투지도 않는다
한바탕 먹는 일이 끝나면
날갯소리 숙숙거리면서
추녀 끝이나 나뭇가지에 올라앉아
부리로 깃을 다듬거나
모여서 재잘거린다
서로 아픈 곳을 쪼아대지 않고

자연스럽게 어울려 살아가는 새들이
때로는 새장 밖에서
아니 창밖에서
새장 안을
아니 우리집 안을
들여다보기도 한다

五友歌

바위와 나무가 가려주었지
우리가 처음으로 사랑을 나누던 때
닫혀진 스틸 도어나 내려진 커튼이 아니라
널려진 바윗돌과 대나뭇잎들이 우리를 감추어주었지

소나무숲 속에 엎드려 숨죽이던 때
끈질기게 뒤쫓는 그들로부터 우리를 지켜준 것은
수류탄이나 기관총이 아니라
귀가 멍멍하게 쏟아져내리는 폭포 소리였지

북두칠성을 뒤돌아보면서
굶주린 발길을 海南으로 재촉하던 때
어둠 속에서 우리를 이끌어준 것은
강철 같은 이념이 아니라 희미한 달빛이었지

이끼

구르는 돌에 이끼가 끼지 않는다는 옛말은 이제 맞지 않는다.

이끼는 나무 껍질이나 바위 틈에 생긴다고 생각했던 것이 잘못이었다.

시커멓게 더럽혀진 바닷물이 역한 냄새를 풍기는 항구에 가보면, 강철로 만든 선박의 옆구리에도 이끼와 조개가 붙어 있고, 철 따라 태평양을 북상하는 고래의 등허리나 나일 강의 악어 발톱 사이에도 이끼가 끼어 있다는 사실을 옛날에는 몰랐기 때문이다.

기계 문명과 산업 사회의 급격한 발달로 자연은 나날이 훼손되어가는데, 유독 이끼만 이에 아랑곳없이 엄청난 기세로 널리 퍼져서, 요새는 종합 병원의 대형 냉방기 속이나 섭씨 1800도의 용광로 내부 및 핵 폐기물을 밀봉한 특수 드럼통 안에서도 이끼가 자란다고 하며, 점보 제트기의 날개 속이나 지구로 귀환한 인공 위성의 부품 속에서도 신종 이끼가 발견된다고 한다.

우리의 발가락이나 겨드랑이나 사타구니에서 번식한 지는 이미 오래되었고, 내장 속까지 깊숙이 침투하여 목숨을 빼앗기도 하며, 무덤 속의 시체에까지 기생하는 이끼여.

죽음을 두려워하지 않는 가장 끈질긴 삶이여.

짓눌려도 살아가는 우리의 넋이여.

아니리 8

아버지의 헌 옷 줄여서 입고
배추 꼬랑이 깎아 먹으며 겨울밤 지샐 때도
까까머리 동생들은 잘 자랐고
누이들은 사직공원에서 데이트를 즐겼다
창피할 것 없었다
가난은 곧 양심이었고
우리 모두의 재산이었다
이 마지막 재산을 팔아
비디오와 에어컨과 스포츠 카를 사들인
아들딸들아
아무래도 떳떳지 못해
짙은 화장으로 얼굴 감추고
배우나 가수처럼 변복을 걸치고
증권 시장을 드나들 필요가 어디 있느냐
되찾아야 할 것은
며느리와 사위 들아

부모가 남긴 재산이 아니라
잊어버린 가난이다

노동절

오늘은 주차장이 텅 비었다
관리인도 나오지 않았다
오일 자국으로 얼룩진 광장에
온종일 햇볕이 내리쪼이고
가끔 비둘기가 모이를 찾고
바람이 지나간다
일하는 사람들 눈에 띄지 않고
널려진 물건들 하나도 없이
하늘 아래 비어 있는 땅
부당한 온갖 점거를 벗어나
잠시 제자리를 찾아
쉬고 있는 이 빈터를
오늘은 주차장이라고 부르지 말자

그 이

온갖 몸부림도 소용없었다
발 디딜 곳도 없이
손 잡을 데도 없이
파도에 휩쓸려
허우적거릴 뿐
함께 온 수영 선수도
건장한 바다 경찰도 소용없었다
가물가물 해변이 멀어지고
별별 모습들 다 자맥질했다
세상이 온통 나의 몸에 매달려
바다가 곧 저승이라고
단정했을 때
구명대를 던져준 사람
그이가 누구였는지
나는 모른다
모른 채 살아가고 있다

그러나 세상이 온통 나의 마음을 짓누르고
지금이 그대로 계속되어
이렇게 결국 끝나리라고
단정하게 될 때면
구명대를 던져준 사람
그이를 다시 생각한다
아직도 누구인지 내가 모르는
사람
그이와 같은 사람들이
이 세상에 가득하리라 믿으며

1990년 늦가을~1994년 봄

까치의 고향

아침 까치 짖는 소리
뒤꼍 장독대를 울린다
반가운 손님 찾아올 징조는 옛말
낡은 기와 지붕 아래 이제는
떠나야 할 사람뿐이다
앞마당에 잡초 가득 퍼지고
주저앉은 헛간에 녹슨 경운기
무엇을 더 기다리겠나
강아지 밥그릇에 말라붙은
까만 콩 두 개
내려다보고 감나무 가지에서
꽁지 흔들며 짖어대는
까치 한 마리뿐이다

노루목 밭터

봉구네 집이 헐값에 팔고 떠난
노루목 밭터에 언제부턴가
시퍼런 드럼통과 시뻘건 양철 박스
하나둘 뒹굴더니
옛날 노적가리보다 훨씬 높게 쌓여
사방에 응달을 펼치고
고약한 냄새 풍겨
까마귀조차 내려앉지 않는다
양조장집에서 공장터로 사들인
사슴배미 논자리도 언제부턴가
부서진 자동차 빽다귀와 못쓰는 타이어
고장난 냉장고와 가스 레인지
엔진 오일 찌꺼기와 깨어진 유리 조각들로
발 디딜 수 없는 쓰레기터 되었고
동네 우물물에서 석유맛 난다
한밤에도 메밀꽃 환하던 밭터

여름에는 우렁을 건지던 논배미
두엄 썩는 마당에 쇠방울 소리
이제는 모두 TV 화면 속으로 사라졌다

P

보리밭, 밀밭, 배추밭, 무밭, 고추밭, 깨밭, 마늘밭, 콩밭, 감자밭, 고구마밭, 원두밭, 수수밭, 메밀밭 들이 주차장으로 바뀌었다.

곡식이나 푸성귀나 원두를 가꾸어 장에다 내다 팔던 순박한 농민 박씨가 비닐 하우스에 특작물을 재배하다가 실패한 다음, 불도저로 농토를 밀어버리고, 그 자리를 주차장으로 만든 것이다.

흙과 햇볕과 빗물과 바람을 사랑하던 박씨의 구릿빛 얼굴에서 소탈한 웃음이 사라지고, 챙 넓은 운동모를 눌러쓴 그의 두 눈이 주차 감시인의 날카로운 눈매로 바뀌었다.

까슬까슬한 겉보리와 부드러운 깨, 새카만 약콩이나 빨간 고추, 커다란 수박이나 알 굵은 감자를 만지던 손에 돈때가 묻으면서, 자동차 수효와 주차 시간을 헤아리는 곱셈만이 그의 머리를 가득 채우게 되었다.

주차장을 표시하는 큼직한 P자는 이제 박씨의 이니셜을

뜻하는 것처럼 보였다.

  자동차 매연과 엔진 오일 자국으로 색깔이 변해가는 박씨의 땅이 시간과 야합하여 생돈을 낳는다는 소문은 곧 주변에 널리 퍼졌고, 어느 날 주차객을 가장한 피라미 강도가 지프를 몰고 나타났다.
  흙으로 돌아갔어야 할 순박한 농민의 피가 자동차 윤활유와 섞여서 더럽혀진 것은 누구의 슬픔이라 할 것인가.

형이 없는 시대

형처럼 믿고 싶은 선배
밤새워 이야기하고 싶은 친구
아들처럼 돌보아주고 싶은 젊은이
옛날에는 있었는데
웃음 섞인 눈길
따뜻한 물 한 모금
옛날에는 있었는데
이제는 모두 돈을 달라고 한다
외상도 안 된다고 한다
계산을 끝내고 혼자서
전철이 머리 위로 지나가는 굴다리
시커먼 물방울 떨어지는
어둠 속으로 사라지며
알아듣지 못할 유언을 흘리는 저 사람
낯익은 얼굴 구부정한 어깨
매일 거울 속에서 그를 본다
형이 되어버린 나를 본다

미끄럼

달동네 놀이터에서 코흘리개 꼬마들
미끄럼 타기 바쁘다
미끄럼틀 계단을 종종종 올라가
쭈르륵 미끄러져 내려온다
아침부터 저녁까지 온종일
바지 엉덩이가 해지도록
미끄럼 탄다 너희들
왜 자꾸만 미끄러져 내려오느냐
아무도 묻지 않는다

머나먼 알프스 높고 높은
마터호른 근처까지 올라와서
눈부시게 하얀 빙하의 벌판
거침없이 미끄러져 내려간다
온 세상 곳곳에서 몰려든 스키어들
개미보다도 훨씬 작아 보이는
형형색색 장난꾸러기들

솟아오른 아버지의 드넓은 가슴팍에서
흐르는 어머니의 부드러운 겨드랑이에서
가파른 눈언덕 아래로 겁도 없이
미끄럼 탄다 당신들
왜 자꾸만 미끄러져 내려가는 거요
아무도 묻지 않는다

어느 選帝侯의 동상

한때 그는 이 나라를 다스리던 막강한 선제후였다.

지금도 시청 앞 광장 한가운데 아득히 높은 곳에서 그는 이 도시 전체를 한눈에 내려다보고 있다.

그의 동상을 올려다보면, 누구나 경탄을 금할 수 없다. 높이 135미터의 원주 위에 저 육중한 구리 덩어리를 올려놓은 당시의 기술도 놀랍거니와, 그 오랜 세월을 비바람 속에서 의연하게 수직으로 서 있도록 만든 옛사람들의 솜씨 또한 뛰어나지 않은가.

저것은 그러나 역사의 가혹한 유물임에 틀림없다.

새들이 콧잔등에 똥을 깔겨도 눈 한번 깜빡거리지 못하고, 발이 저리고 겨드랑이가 가려워도 손가락 한 개 움직이지 못하고, 저 아슬아슬한 기둥 꼭대기에서 몇백 년을 현기증에 시달리고 있으니 말이다.

엄청난 재력과 부역을 동원하여 스스로의 형벌까지 마련해놓은 위대한 선제후여.

바닥

낮게 드리운 구름
양떼들 한가롭게 풀 뜯는 초원
짙푸른 숲과 영롱한 새소리
뷔르바하 마을의 박공 지붕과 교회 첨탑
파란 눈의 노랑머리 아가씨들
모두가 내 고향과 다른데
산책길에 밟히는 민들레 질경이 억새풀
길바닥 잡초들은 똑같다
군데군데 드러난 땅바닥
진흙 색깔은 어디나 똑같다

어둠 속 걷기

어둠이 내리기 시작하면, 그들은 눈을 비비며 깨어나는 모양이다. 그들 가운데는 내가 아는 얼굴도 많다.

장악원장 할아버지는 거실 안락 의자에 앉아 근엄하게 수염을 쓰다듬고 있다. 누하동 할머니는 끊어진 전구를 양말속에 넣고, 구멍 뚫린 뒤꿈치를 깁고 있다.

정치에서 손을 뗀 뒤부터, 아버지는 옛날 책력을 뒤적거리거나, 앞뜰 채마밭을 가꾸며 소일한다. 큰 항아리에서 바가지로 쌀을 떠내다가 갑자기 돌아가신 어머니는 아직도 광 문앞에 쓰러져 있다. 누님은 큰절을 되풀이하며, 자꾸만 지장보살을 되뇐다.

시역의 총탄에 맞아 피를 흘리는 김구 선생과 교수형을 당한 죽산의 데스 마스크도 보인다. 사일구 때 죽은 친구들이여전히 젊은 모습으로 왔다갔다하고, 분신 자살한 투사들은중화상으로 괴로워하고 있다.

이처럼 한밤중에는 우리 집안이나 마당뿐만 아니라, 서울과 시골, 산과 들, 강과 바다가 온통 죽은 이들로 가득 차 있어, 이들을 피하여 발걸음을 옮기기가 여간 힘들지 않다.
캄캄한 어둠 속을 걸어가기는 그래서 어려운 것이다.

물길

언젠가 왔던 길을 누가
물보다 잘 기억하겠나
아무리 재주껏 가리고
깊숙이 숨겨놓아도
물은
어김없이 찾아와
자기의 몸을 담아보고
자기의 깊이를 주장하느니
여보게
억지로 막으려 하지 말게
제 가는 대로 꾸불꾸불 넓고 깊게
물길 터주면
고인 곳마다 시원하고
흐를 때는 아름다운 것을
물과 함께 아니라면 어떻게
먼 길을 갈 수 있겠나
누가 혼자 살 수 있겠나

화초의 가족

아파트로 이사 온 뒤부터 화분을 줄이게 되었다.

지난해에는 선인장과 마령초가 바깥에서 겨울을 맞았다. 가을에 안으로 들여놓지 않으면, 화초는 밖에서 얼어 죽을 수밖에 없다.

올 가을에도 제라늄과 문주란이 안으로 들어오지 못했다. 오디오 시스템과 퍼스널 컴퓨터와 헬스 기구가 늘어나는 바람에, 화분을 들여놓을 자리가 줄어들었기 때문이다.

그래도 치자와 오죽, 벽오동과 감귤나무, 소철과 포인세티아는 좁은 거실을 가득 채우고, 저마다 품위를 자랑한다. 이것들은 이제 우리 아이들보다도 나이가 많다.

전자 제품과 인스턴트 식품만 좋아하는 아이들은 이 오래된 화초들을 싫어한다. 가로거친다 흘겨보고, 내가 없으면 물도 주지 않는다.

내년 가을에는 어느 화초가 바깥에서 겨울을 맞게 될지. 누런 잎을 따주면서, 나는 차츰 화초의 가족이 되어가고 있다.

자리

시커먼 매연을 뿜으며 출발한
영구차는 다리를 건너
잠시 멈칫거리다가 화살표 신호를 받고
좌회전하여 서쪽으로
멀어져갔다
예순세 해 동안 살아온 동네를
오늘 아침 그렇게
떠나가버렸다
괴로움과 외로움에 시달려
삭정이처럼 여위었던 노인이
믿을 수 없이 넓은
자리를
비워놓은 채 훌쩍
사라져버렸다
그 자리 채우려면 앞으로
오랫동안 많은 사람이

잠 못 이루고
숨어서 눈물 흘리고
마음을 뒤척여야 할 것이다

나쁜 놈

화장을 짙게 하는 아내
요통이나 견비통으로 고생하는 동창생들
생명 보험에 든 선배와 정년 퇴직한 스승
예수를 보았다는 어머니
모두 젖혀놓고
한마디의 다툼도 없이 그는
훌쩍 떠나갔다
지독한 냄새 풍기는
자기의 시체 앞에다
우리들 모두 엄숙한 얼굴로
무릎 꿇게 하고
혼자서 훌쩍 가버렸다
아직도 오래 치욕스런 나날을 살아갈
그 많은 동시대인들에게
짓궂게 낄낄 웃는 사진 한 장
남겨놓은 채

포클레인이 잠깐 사이에 파놓은
흙구덩이 속에
묻혀버렸다
산과 들 온통 덮어주는
함박눈의 축하까지 받으면서

라인 강

아스만스하우젠의 아침
크로네호텔 창밖으로
폭넓게 흐르는 라인 강
포도주에 곯아떨어진 한밤중에도
강물은 잠들지 않고 흘렀구나
지나간 20년 내가 없는 동안에도
넘칠 듯 가득히 흘러갔구나
네가 있고
내가 없음이여
하룻밤 묵고 떠나며
끊임없이 흘러갈 저 강물이 아까워
자꾸만 뒤돌아본다

세검정 길

북악터널 확장 공사가 한창이다
폭파음 산을 울릴 때마다
세검정 가던 옛길
가슴속으로 뻗어나간다
자두꽃 앵두꽃 활짝 핀 날이면
닥종이 만드는 냄새 썩은 굴비 같던 길
시냇물 징검다리를 건너면
능금나무 과수원
걷다 보면 갑자기 산이 막아서던
좁은 골짜기 아름다웠지
돌이켜볼 겨를도 없이
신호등이 바뀌고
기억의 검은 터널로부터
매연을 뿜으며 화물 트럭과
버스 승용차들 앞다투어 달려나온다
추억을 단속하듯 곳곳에서
범칙금 딱지를 떼는 교통 순경들

갈잎나무 노래

갈잎나무 그림자들 가을이 깊어
갈수록 흐려지고
헤아릴 수 없이 많은 나뭇잎들
이제는 나무에 매달리지 않고
한 개도 남지 않고
떨어진다 울긋불긋
흩날리며 미련 없이 낮은 곳으로
내리는 나뭇잎처럼 떨어져
나도 이제는 훌쩍 떠나고 싶지만
아스팔트 위에는 싫고
콘크리트 지붕 위에도 싫고
산골짝이나 들판에 쌓이고 싶은
마음 남았으니 아직도
나뭇잎처럼 되기는 멀었다
갈잎나무처럼 살기는 틀렸다

熱帶鳥

사자들이 배불리 먹고
남긴 얼룩말의 피투성이 잔해
하이에나와 독수리떼가 뜯어먹고
남은 가죽과 뼈다귀
파리와 개미들이 모조리 없앨 때까지
초원에 해가 지고
밀림에 달이 뜰 때까지
참을 수 없이 무더운 하루를
긴 꼬리 드리운 채
우아한 몸매로 나뭇가지에 앉아
견디며 바라보는
아니 일생을 그렇게
바라보며 사는
열대조 한 마리

그리마와 귀뚜라미

길다란 그리마 한 마리가
다리 위로 기어올라오는 바람에
어제는 저녁잠을 설쳤고
오늘은 커다란 귀뚜라미가 머리맡으로
뛰어다니며 새벽잠을 깨워놓았다
우리집 안방에서 겨울을 나고 있는
이 징그러운 버러지들아
아직은 그냥 내버려두고 있다만
눈이 녹고
봄바람이 불어오면 네놈들을
밖으로 쫓아낼 터이다

1994년 여름~1998년 이른 봄

중얼중얼

차렷!
한마디로 연대 병력을 움직이고
목숨을 바쳐 싸우겠습니다 여러분!
목쉰 부르짖음으로 군중을 열광시키고
사랑해 당신을
달콤한 속삭임으로 흔들리는 마음을 사로잡고
자장면 하나에 짬뽕 둘!
경제 성장률 하향 조정! 임금 총액 동결!
예수를 믿지 않으면 지옥에 갑니다!
자반고등어나 먹갈치 사려!
저마다 목청 높여 부르짖는데
중얼중얼
혼자서 지껄이는 말
누가 들으려 하겠는가
어디를 가나 그래도 바람결에 실려
끊임없이 중얼거리는 소리

들리지 않는 곳 없고
한평생 중얼거리는 사람 또한
없지 않으니
알 수 없는 일이다
중얼중얼중얼······

대성당

161m 종탑 끝까지
그 많은 벽돌을 한 개 또 한 개
500년 동안
수직으로 쌓아올렸다
그 많은 벽돌공의 손끝으로
완공된 대성당에서
100년이 지난 오늘도 성스러운
미사를 올리고 있다
입구에서는 건축 노동자들이 머리띠 두르고
연좌 데모를 하는 중이고

석근이

여의도 지하철 공사장 지나가다가
길이 막혀 철판 위에 서 있으려니
좌회전 우회로를 가리키는 늙은 인부 한 사람
거무튀튀한 얼굴과 귀에 익은 쉰 목소리
안전모 쓰고 노란 깃발 흔드는 모습
돌아보니 틀림없는 석근이
국민학교 시절 닭쌈 잘하던 놈
돌처럼 무겁게 시골에 뿌리박고
농사꾼으로 한평생 살아온 친구
지난 가을 시제 때 말했었지
쌀농사 공들여 지어봤자
한 가마에 십이만오천 원
한 섬지기라야 별것 아니여
겨우 먹고 살 수는 있다 해도
아이들 가르치기는 힘들어……
고향의 담북장과 동치미 맛

쉰 살이 넘도록 지켜왔는데
넓은 멧갓과 적잖은 논밭 놀려둔 채
일당 오만 원의 일용 잡부가 되어
마침내 서울로 올라온 석근이
안전모와 작업복이 어색한 농부

탄곡리에서

송전탑보다도 높이 쌓인 석탄더미들
사이로 골짜기에 슬레이트 지붕 다닥다닥
엉겨붙은 탄곡리 마을
손수레도 다닐 수 없는 좁은 길
시커먼 땅바닥에 시멘트 부대 펼쳐놓고
취나물을 말린다
인디언 얼굴을 흉내낸 아이들이
끊어진 그넷줄에 매달려 비명을 지르고
담배 가게에서는 여자들 싸우는 소리
머리 감고 퇴근하는 노동자들
일터로 다시는 돌아가지 않을 듯
단호한 걸음걸이로 언덕길을 내려온다
나환자 수용소에 들어온 관광객처럼
미안하게 숨죽이고 걸어가려니
오랜 여행에 때묻은 남방 셔츠조차
너무나 하얗게 느껴지는 곳

주인도 손님도 없는 동네 입구에서
가슴 깊숙이 날아드는 석탄 먼지
떠나는 발걸음을 무겁게 한다

주머니 없는 옷

결국은 먼 길을 떠날 터이니
좋은 옷감으로 큼직하게
여행복을 장만한 것은 잘했네
하지만 여비조차 필요 없는 여행에
주머니가 왜 그렇게 많은가
맵시나게 덮개를 만들어 붙이거나
단추로 채우기도 하고
돈지갑이나 여권을 넣을 속주머니는
아예 지퍼로 잠글 수 있도록 하고
크고 작은 주머니가 모두 합쳐서
스물세 개나 달렸다니
아무리 유행이라 해도 너무 많지 않은가
따르던 무리도 별다른 소용 없이
어차피 빈손으로 홀로 떠날 길이라면
마지막으로 입고 갈 옷에 왜
그 많은 주머니를 만들었단 말인가
주머니 없는 옷 한 벌이면 될 것을

바지만 입고

구호 물자 나왔다는 소식 듣고
아랫말로 달려가 어머니가 공짜로 얻어온
헌 바지 한 벌
얼룩진 벽돌색 골덴 바지
미국 아이가 입다가 버린
이 멜빵 바지 한 벌을 기워 입고
신작로 진흙길 십 리를 걸어서
국민학교 오륙학년을 다녔다
(반세기가 지난 뒤 그 바지 값을
유니세프 구좌에 몇 차례 넣어주었지)
미국에서 쓰레기로 버린 블루진
더러운 청바지를 헐값으로 수입해서 요즘은*
한 벌에 12만 원씩 다투어 사입는다고
찢어서 자랑스럽게 입고 다닌다고
패션이라면 목숨도 내놓을 세상
중요한 것은 그저 하반신뿐인가
디디티 살충제를 몸에 뿌리던 옛 시골 마당에서

검은 머리에 노랑색 물들이는 서울의 골목길까지
우리는 겨우 바지만 입고 달려왔는가

　　* 환율 1달러＝약 800원.

동해로 가는 길

동해로 가는 길 곳곳에
바다가 있지
설악산 넓고 깊은 골짜기
바위와 나무와 돌
제멋대로 널려진 채
시냇물 흐르다 잦아들다
그대로 있지
서른세 해 전에 올라갔던 울산바위
우람하게 버티어 선 기암괴석도
있는 그대로 보기 좋군
바람이 머물다 가는 소나무숲
끊임없이 몰려와 허옇게
소리치는 파도
모두들 있는 곳이 제자리
제자리에 편안히 있는데
산을 깎아내려 길을 넓히고

바다를 메워 도시를 만들어도
달려와서 푸근히 쉴 자리
우리는 찾기 힘들군

길을 물으면

길을 물으면 누구나 모른다는 곳
신흥 도시 조성 공사 한참 벌어진 현장
너머로 용머리 옛 마을 나타났다
오래된 기와집 용마루 위에 쑥대가 자라고
초가집 지붕에 박넝쿨 우거진 풍경
민둥산 깎아내린 흙더미 속에서
삼국 시대 옹기도 몇 점 나왔다
마지막 언덕과 숲까지 불도저로 밀어버리고
골짜기를 쓰레기로 메운 다음
바둑판처럼 아파트 단지를 만드는 현장
속으로 용머리 옛 마을이 사라졌다
진흙 담벼락에 삐걱거리는 싸리문
장독대에 채송화 피어 있는 집 지나서
꼬불꼬불 골목길을 천천히 돌아가던 바람
갑자기 고층 건물 모서리에 부딪혀 울부짖고
밤이면 제 집 못 찾는 사람 늘어나는 용두시
길을 물으면 아무도 대답하지 않는 곳

시름의 도시

황해 바다 밀물과 썰물 날마다
드나들며 큰물 한 자락 멀리서
바라보는 위안을 주던 갯고랑에
둑을 쌓아 물길 막고
땅을 만들어 지도를 바꾸었다
게와 망둥이 숨어 살던 갯벌 사라져버리고
갈매기떼 자취 감추고
정유 공장 짙은 연기만 치솟아오른다
큰 산을 뭉개어 논밭 메우고
마을 뒤 성황당 나무마저 잘라버리고
벌판에 들어선 아파트 단지
까치집 깃들일 미루나무 한 그루 없고
도로와 공터는 자동차로 뒤덮여
어린이 놀이터조차 없다
간척 지구 담수호에 폐유와 오수가 고여
역겨운 냄새 풍기는 시름의 도시

머지않아 인구 백만을 넘기면
숲도 산도 바다도 모르는 이곳
아이들이 요란스럽게 오토바이 몰고 다니며
주인 없는 폐농 헛간에서 비디오 흉내를 내고
先人의 祠堂에 못을 박지 않을지
공시 지가는 해마다 높아지고
바퀴벌레와 솔잎혹파리는 나날이 늘어가고

새 밥

감나무에서 짖어대는 까치는
곧장 마당으로 날아오지 않는다
우듬지에서 잠깐 망설이다가
윗나뭇가지로 옮겨 앉고
맨 아래 굵은 나뭇가지로 깡충 뛰어
계단을 내려오듯
새밥그릇으로 내려앉는다
조심스럽게 몇 번 쪼아먹고
금방 날아가버린다

전신주 꼭대기나 연립 주택 추녀에서
먹을 것을 보면 비둘기는
숫숫 날개를 퍼덕이며
거의 수직으로 내려온다
새밥그릇을 다 비울 때까지
게걸스럽게 먹어댄다

사람이 가까이 가도
날아가지 않는다

고양이가 오는 것은 본 적이 없다
참새들이 짹짹거리는 소리에
창밖을 내다보면 어느 틈에 나타났는지
앞발을 톡톡 털면서 얼룩 고양이가
새밥을 훔쳐먹고 있다
꼭 새밥이라 부를 필요도 없다
그저 배고픈 동물들에게 먹을 것을
나누어주려는 것밖에는

느릿느릿

가끔 다람쥐가 쪼르르 달려가는
전나무숲 산책길을 가로질러
민달팽이 한 마리
기어간다
혼자서
가족도 없이
걸어잠글 창문이나
초인종 달린 대문은 물론
도대체 살면서 지켜야 할 아무런
집도 없이
그리고 안으로 뛰어들어가거나
밖으로 걸어나올
다리도 없이
보이지 않는 운명이 퍼져가는 그런 속도로
민달팽이 한 마리
몸으로 기어간다

눈을 눕힌 채
생각도 없이
느릿느릿

시조새

아득한 옛날 이름없는 원시림에서
둔중한 꼬리를 끌고 다니던
공룡에게도 머리가 있었다
길이 없는 질펀한 소택지에서
배를 끌고 기어다니던
파충류에게도 꿈이 있었다
넘어지고 미끄러지고 울부짖으며 헤매다가
앞발을 들고 일어서서
사방을 두리번거리기도 하고
매달리며 떨어지며 가까스로
나뭇가지 위에 기어올라가서
언덕 너머를 바라보기도 했다
멀고 높은 곳이 그들에게도 있었다
그렇지 않았다면 어떻게 하늘로
날아올라가 생명의 꿈을
화석에 남겼을 것인가

돌이 된 나무

저살핀 대추나무 같은 아버지의
팔뚝을 꺾어놓고
회오리바람처럼 사라진 아들딸들
담쟁이의 새순이 돋아나도록
그들은 돌아오지 않았다
어디선가 그 아들이 아버지가 되어
비바람 속에 밤을 지새우고
언젠가 그 딸이 할머니가 되어
겨울잠 자기를
삼천만 번쯤 되풀이하는 동안
마침내 돌이 되어버린
아득한 조상을
후세의 자손들은 알아보지 못할 것이다
그저 손가락질하면서
낄낄 웃거나
돌이 된 나무 앞에서
나처럼 사진이나 찍을 것이다

나무로 만든 부처

값을 깎아 가까스로 70달러에 산
우부드의 목각 불상
적도를 넘어 일곱 시간 날아오는 동안
연화대 바닥이 쩍 갈라졌네
누구에겐가 주어버리기엔
정교한 솜씨 너무 아까워
책상머리에 놓아두었네
두고 바라보았네
마호가니 나무의 조화일까
숨결과 눈길의 감응일까
어느새 갈라진 틈이 다시 아물어
이제는 그 흔적조차 찾을 수 없네
조그만 적갈색 불상
아무래도 나무를 깎아 만든 것 같지 않고
애초부터 부처의 모습으로 태어난 것만 같아
그 뜻을 헤아릴 수 없는데 언제부턴가

내 마음 한구석에 조그만 나무
부처가 들어와 앉았네

끝의 한 모습

천장과 두 벽이 만나는 곳
세 개의 평면이 직각으로 마주치는
방구석의 위쪽 모서리가
가슴을 답답하게 한다
빠져나갈 틈도 없이
한곳으로 모여
눈길을 막아버리는 뾰족한 공간이
낮이나 밤이나
나를 숨막히게 한다
빗소리와 새들의 노래 들려오는 창문
산수화 한 폭 걸려 있는 넓은 벽
현등이 매달린 천장
이들이 마침내 이렇게 만나야 하다니
못 한 개 박혀 있지 않고
거미줄도 없는 하얀 구석에서
앞으로 갈 수도 없고

뒤로 물러설 수도 없는
꼭지점에서 멈추어
이렇게 끝내야 하다니
결코 바라보고 싶지 않은
낮의 한구석
그대로 눈길을 돌릴 수 없는
밤의 안쪽 모서리

쓸모 없는 친구

거머리처럼 달라붙은 것이 아니었다
애초에 무슨 용건이 있어서
만난 것이 아니라는 말이다
빚 갚을 돈을 빌려주지도 못하고
승진 및 전보에 도움이 되지도 못하고
아들딸 취직을 시켜주지도 못하고
오래 사귀어보았자 내가
별로 쓸모 없는 인간이라는 것을
그는 오래 전에 깨달았고
나도 그것을 오래 전에 알아차렸다
그래도 내가 모른 척하는 것을
그도 오래 전에 눈치챘을 터이다
만나면 그저 반가울 뿐
서로가 별로 쓸모 없는 친구로
어느새 마흔다섯 해 우리는
앞으로도 그렇게 살아갈 것이다

밤새도록 잠 못 이루고

밤새도록 잠 못 이루고, 기침을 하면서, 지나간 생애의 어두 골목길을 더듬더듬 걸어갔다.

분명히 근처에 있을 전철역을 찾지 못하고, 미국식 고층 건물들이 위압적으로 늘어선 강남대로를 무작정 헤매기도 했다.

길을 물어볼 사람도 없었다. 외국인 노동자 몇 명이 못 알아들을 말을 지껄이며 지나갔을 뿐, 도대체 행인을 만나지 못했다.

하기야 지금까지 나를 스쳐간 사람들이 대부분 모르는 이들이었다. 아니면 사투리가 반갑고 음식 냄새가 구수해도, 경계해야 할 동포들이었다. 사람들이 잠들고, 돈만 깨어 있는 밤중에는 더욱 그렇다.

그런데, 불도 켜지 않은 채, 모서리 창가에 앉아, 밤새도록 구시렁거리는 저 노틀은 누구인가. 어느 집 어르신인가, 늙은 정년 퇴직자인가, 한 겁 많은 서민인가. 아니면 바로 나 자신인가. 그렇다면, 저 아래 어둔 골목길을 헤매고 있는 사람은 또 누구란 말인가.

누군가를 위하여

예컨대 자기의 남편을 위하여
아들딸을 위하여
어버이와 형제자매를 위하여
또는 병든 마음과 헐벗은 몸을 위하여
쫓기는 사람들과 억눌린 이웃들을 위하여
오로지 남을 위하여 살면서
정작 자신을 위해서는 너무나 무심했던
당신이 갑자기 떠나갔다
당신의 웃음짓던 환한 모습
당신이 앉았던 풀밭의 움푹한 자리
당신이 쪼이던 가을 햇볕
당신이 부르던 정다운 목소리
모두 그대로 남겨놓은 채
혼자서 훌쩍 사라졌다
물이 되어 한강을 건너고
구름이 되어 북한산 연봉을 넘어서
서북쪽으로 날아가버렸다

어쩌면 몽고의 어느 초원에 풀을 눕히는
바람이 되었을 당신
또는 별이 되어 밤새도록
어두운 지붕들을 내려다볼 당신
아니면 안개가 되어
우리를 포근히 감싸줄 당신
당신을 나는 때때로 바라보기만 했는가
당신을 우리는 그저 떠나보내기만 했는가
당신이 입던 옷을 정리하고
당신이 남긴 돈을 은행에서 인출하고
당신이 오고 가던 길을 걸으며
당신이 언젠가 다시 나타날 것만 같아
우리는 자꾸만 되돌아본다
한없이 당신을 그리워하며 이제야 우리는
조금씩 달라지려 하는가 저마다
말없이 당신을 닮아가려 하는가

서울에서 속초까지

서울에서 속초까지 장거리 운전을 할 때
그를 옆에 태운 채 계속해서
앞만 보고 달려간 것은 잘못이었다
틈틈이 눈을 돌려 북한강과 설악산을 배경으로
그를 바라보아야 했을 것을
침묵은 결코 미덕이 아닌데……
긴 세월 함께 살면서도 그와
많은 이야기 나누지 못한 것은 잘못이었다
얼굴을 마주 쳐다보거나
별다른 말 주고받을 필요도 없이
속속들이 서로를 알고 있었기 때문이다
하지만 이해를 곧 사랑이라고 할 수는 없는데……
여름 바닷가에서 물귀신 장난치고
첫눈 내린 날 살금살금 다가가서
눈 한 줌 목덜미에 쑤셔넣고 깔깔대던
순간들이 더 많았어야 한다

하다못해 찌개맛이 너무 싱겁다고 음식 솜씨를 탓하고
월급이 적다고 구박이라도
서로 자주 했어야 한다
괜찮아 워낙 그런 거야 언제나
위안의 물기가 어린 눈웃음
밝은 목소리
부드러운 손길
포옹할 수 없는 기억
속으로 이제는 모두 사라져버린 것을

가진 것 하나도 없지만

가진 것 하나도 없지만
무명 바지저고리
흰 적삼에 검은 치마
맨발에 고무신 신고
나란히 앉아 있는
머슴애와 계집아이
사랑스럽지 않은가
착한 마음과 젊은 몸뚱이밖에는
아무것도 가진 것 없지만
이들이 부지런히 일하는 곳마다
땅에는 온갖 꽃들 피어나고
지붕에는 박덩이 탐스럽게 열리고
시원한 바람이 땀을 식히고
해와 달과 별들이 하늘에 가득하네
팔을 꽉 끼고 함께 뭉치면
믿음직한 두 친구

빰을 살며시 마주 대면
사이좋은 지아비와 지어미
아득한 옛날로 거슬러 올라가면
너와 나의 어버이
가진 것 하나도 없이 태어났지만
슬기로운 머리와 억센 손으로
힘들여 이룩한 것 많지 않은가
어느새 여기에 와 앉아 있네
우리의 귀여운 딸과 아들

혼자서 느릿느릿

　기원전으로 거슬러 올라가 아득한 옛날의 중국 시를 모은 『시경』을 읽어보면, 번역을 거친 것인데도, 이해할 수 없는 시는 한 편도 없다. 제사의 노래, 궁중의 노래, 민중의 노래, 가리지 않고, 읊기 좋은 언어에 인간 생활의 역사와 정서가 담겨 있다. 운문으로 씌어졌던 서양의 고대 비극이나 중세 문학 작품들도 시공을 초월하여 읽히는 보편적 개연성을 내포하고 있다. 그런데 20세기 초엽부터 독일 문학에는 보통 사람의 이해를 거부하는 이른바 모더니즘 계열의 작품이 등장하기 시작했다. 표현주의 작가들을 위시하여, 시인 슈테판 게오르게와 라이너 마리아 릴케, 소설가 프란츠 카프카를 대표적으로 꼽을 수 있다. 이러한 작가들의 작품은 단순한 접근을 허락하지 않으므로 전문적인 문예학자나 비평가의 해설을 요구하게 마련이고, 그 결과 살아생전에 세속적 성공을 거두지 못했던 위대한 작가들이 사후에 후세의 학자와 비평가와 출판사를 먹여 살리는 아이러니를 낳게 했다.

독문학을 생업으로 삼고 있는 나도 이러한 아이러니의 올무에 걸려든 경우라 할 수 있다. 대학 시절에 릴케의 후기 시강의를 들었는데, 주해가 없이는 한 구절도 이해할 수 없었다. 「가을날」 같은 릴케의 쉬운 초기 시를 애송했던 문학 청년에게는 큰 충격이었다. 하지만 문학을 전공한다는 것이 바로 이처럼 난해한 작품을 해석하는 작업 아닌가 하는 자못 도전적인 생각이 들었다. 그래서 독일어 해독 능력도 빈약했던 학부 시절에 대뜸 게오르게의 비의적 서정시에 덤벼들었고, 대학원에서는 카프카에 매달려 4년 가까운 세월을 보냈다. 그때 누군가 말렸더라면, 나의 문학 여정이 달라졌을지도 모른다.

1960년대에는 외국어문학부에도 외국인 강사가 드물었으므로, 해당 외국어를 일상의 구어로 배우기는 힘들었다. 독일에 유학하여 비로소 문어가 아닌 구어로서의 독일어를 배웠고, 동시대의 현역 작가들 작품을 읽게 되었다. 당시까지만 해도 생존했던 귄터 아이히의 전후 서정시로부터 시작하여, 베르톨트 브레히트의 정치시를 거쳐서, 하인리히 하이네의 참여시에 이르기까지 세기를 역류하는 순서로 독일 시를 섭렵했다. 그리고 깨달은 것이 독일 문학이 결코 추상적이고 난해하기만 한 것이 아니라는 사실이었다. 너무나 당연한 사실이었지만, 비의적 서정시와 난해한 소설만을 주로 읽었던 한국 학생으로서 그것은 하나의 개안이었다.

귀국 후 아이히에 관한 논문으로 학위를 끝내고, 브레히트와 하이네의 중요 시를 골라서 번역 시집을 출판했다. 19세기와 20세기 독일의 현실 참여 문학을 대표하는 하이네(1797~1856)와 브레히트(1898~1956)는 꼭 100년 차이를 두고 자기 세기의 전반기를 살고 갔다. 자기 시대에 순응하지 않고, 정치·사회·문화·예술의 기존 체제를 비판하고, 그것을 문학적으로 형상화하여 예술 작품으로 승화시킨 두 작가는 새롭고 독특한 자기 스타일을 성취했다. 단아한 시어, 시적 은유와 암시, 애매모호한 발언 대신, 대담한 일상어, 산문적 직접성, 현실의 풍자와 고발을 과감히 도입함으로써, 시의 형태 속에 삶의 현실과 꿈의 이상에 대한 시인의 진솔한 느낌과 생각을 은폐하지 않고 개진하려고 했다. 동시대의 독자로부터 찬양과 배격을 한꺼번에 받은 바 있는 두 시인은 그러나 동시대의 어느 작가보다도 세계적으로 널리 읽히고 지속적 영향력을 발휘하고 있다. 내가 1975년에 우리말로 옮긴 하이네 시선집 『로렐라이』와 1985년에 펴낸 브레히트 시선집 『살아남은 자의 슬픔』은 이른바 스테디 셀러로 서점의 일각을 차지했고, 후자의 경우 포스트모더니즘을 표방하는 어느 젊은 작가가 그 제목을 자기 작품에 차용하기도 했다.

문학 작품을 창작하는 일과 문학 작품을 연구하는 두 가지 일을 겸업하고 있는 나에게는 문학을 공부하는 것이 글쓰기의 간접적 지표가 되었다. 말하자면 한국 문학을 따로 공부하거나 문예창작과에서 글쓰기를 일삼아 배운 적 없이, 혼자서 남의 글을 읽고 나의 글을 쓰는 문학 수업을 했던 셈이다. 돌이켜보면 게오르게의 비의적 서정시에서도 내 나름대로 엄격한 언어의 형식을 배웠던 것 같고, 카프카의 부조리한 소설에서도 난해한 내용과는 달리 즉물적이고 정확한 문장을 사용한 점에서 내 나름대로 서술의 명징성을 배웠던 것이다. 난해한 모더니즘 문학이 반면 교사로 작용하여, 나로 하여금 무책임한 시적 자유와 방종을 절제하고 독자의 이해 가능성을 염두에 두는 창작 자세를 견지하게 만들어주었는지도 모른다. 그러나 세계 시문학의 자장에는 한국의 전통시, 독일의 참여시와 절대시, 프랑스의 순수시…… 등이 제각기 양극과 음극을 지닌 채 상호 작용을 하며 공존한다. 그러므로 우리가 시를 읽을 때, 자기의 취향에 따른 호오는 있겠지만, 문학의 우열을 논할 수는 없는 일이다. 그래도 문학 작품 심사를 하게 되면 서로 전혀 다른 취향을 가진 심사위원들이 똑같은 작품을 고르는 수가 많다. 가장 주관적인 문학 장르인 시에도 평가의 객관적 척도가 잠재하는 것 같다. 이러한 객관성이 문학의 해석과 수용에 작용하여 시공을 초월하는 작품을 가려내는 것 아닐까. 글쓰기에도 주관적 열정 못지않게 객관적 지성이 필요한 것이다. 이러한 인식에서 출발하여 4반세기 동안 나는 시를 써왔다. 서양 문학을 전공하고, 가르치고, 번역하다 보니, 아무래도 서양 문학의 영향을 받았겠지만, 잠깐 서양 여행을 갔다 온 사람처럼 서양에 관한 글을 많이 쓰지는 않았다. 오히려 내 글의 대부분은 우리나라의 현실 체험을 바탕으로 씌어졌고, 6·25 전쟁 이전 유년기의 순수한 한국 정서가 밑그림이 되었다. 오늘날 세계화라는 미명 아래 서양 문물을 무작정 받아들여 재빨리 장래의 모범으로 삼으려는 추세를 보면, 귀중한 지역 문화의 정체성은 어떻게 될 것인가 우려된다. 이처럼 가파른 변화의 시대에 나는 혼자서 느릿느릿 골목길을 걸어가고 있는 것 같다.

새 천년이 열리는 세기의 전환기에 1988년 이후에 출판된 4권의 시집에서 70편을 골라 시선집을 엮는다. 나로서는 20

세기를 정산하는 느낌이다. 앞으로 얼마나 더 시를 쓸 수 있을지 모르겠지만, 연필로 시를 쓰기 시작한 내가 환력을 맞이하여 새 천년으로 접어드는 마당에 아무리 몸부림쳐도 20세기 시인을 벗어나기는 힘들 것 같다.

모든 사물의 속도가 빨라진 것은 철도·자동차·비행기·전신·라디오·TV·컴퓨터 등의 발전 보급과 함께 20세기 기술 문명의 특징으로 기억될 것이다. 지구의 반대쪽과도 광속의 통신이 당연한 일상사가 되었고, 세계 어느 곳이라도 24시간 이내에 왕래가 가능해졌다. 초국적 대자본이 빛의 속도로 전세계의 주식 시장을 넘나들며 이윤을 노리고 있다. 문화 예술의 정보 교환 또한 인터넷을 통하여 국경은 물론 동서양의 벽을 허물어버렸고, 사이버문학도 확산 일로에 있다. 현기증 나는 변화의 속도에 적응하려면 계속해서 컴퓨터를 업그레이드해야 하고, 쉴새없이 핸드폰을 걸면서 수시로 이메일을 체크해야 한다. 속도가 빨라진 만큼, 시간의 여유가 생겨야 할 텐데, 오히려 정신없이 쫓기게 된 것이 오늘의 생활상이다.

그 동안 작가들의 집필 방식도 많이 달라졌다. 타이프라이터가 보급되면서 1970년대부터 한글 타자기로 작품을 쓰는 추세가 시작되었고, 요즘은 작가들이 대부분 컴퓨터를 사용

한다. 산문의 경우 원고지에다 볼펜으로 쓸 때보다 속도가 빨라졌다. 종이에다 글을 쓴다는 개념이 모니터를 들여다보며 키보드를 두드려서 획일화된 활자체로 원고를 만드는 작업으로 바뀐 것이다. 컴퓨터를 켜고 커서가 깜빡이는 화면을 들여다보아야 구상이 떠오른다고 토로한 젊은 작가도 있다. 먹을 갈아서 붓으로 한지에 글을 쓰던 문사들이 연필과 잉크와 볼펜을 거쳐서 이제는 기계로 작품을 집필하는 단계에 이르기까지 20세기의 변화는 참으로 폭넓게 전개된 셈이다. 21세기에 접어들면서 우리들 대부분이 지나간 세기에 태어난 구세대로 지칭되겠지만, 20세기의 그 빠른 변혁 과정만은 그리 쉽게 폄하되지 않을 것이다.

그런데 시대 현실을 매우 예민하게 반영하면서도 가장 느린 속도로 만들어지는 문학 장르가 여전히 있다. 시다. 산문의 집필 속도는 옛날보다 현저하게 빨라졌지만, 시를 쓰는 속도가 빨라졌다는 말은 듣지 못했다. 컴퓨터를 사용한다 할지라도 산문을 찍는 속도로 시를 쓰는 시인은 없을 것이다. 시는 여전히 오랜 시간에 걸쳐 깊은 고심 끝에 느린 속도로 씌어지고, 천천히 읽히는 문학 형식이다. 밝아오는 21세기에도 그럴 것이다. 어쩌면 무서운 속도에 염증이 난 많은 21세기인들이 천천히 되풀이하여 시를 읽고 제각기 깊은 생각에

잠길지도 모른다. 바로 그 느린 특성 때문에 우리의 시가 품위 있게 살아남기를 바란다.

2000년 저물녘에
김광규

작가 연보

1941   서울 종로구 통인동 출생.

1960   서울중·고등학교 졸업.

1964   서울대학교 문리과대학 독문과 졸업.

1967   병역 3년 만기 제대. 정혜영과 결혼.

1968   중앙고등학교 독일어 교사 등 직업 생활.

1970   서울 서대문구 홍제동에 정착.

1972   서울대학교 대학원 독문과 석사과정 졸업. 괴테 인
        스티투트 장학생으로 독일 유학. 뮌헨 대학교 수학.

1974   귀국 후 부산대학교 교수.

1975   계간 『문학과지성』에 「영산(靈山)」 등의 시를 발표.
        하인리히 하이네와 귄터 아이히의 번역 시집 출간.

1978   작가론 총서 『카프카』 편저. P. 빅셀 산문집 『책상은
        책상이다』 번역 출간.

1979   첫 시집 『우리를 적시는 마지막 꿈』 출간. 군부 검열
        에 걸려 다음 해에 배포.

1980 번역 시집 『19세기 독일시』 출간. 한양대학교 교수.

1981 제1회 녹원문학상 및 제5회 오늘의 작가상 수상.

1983 서울대학교 대학원 독문과 박사과정 졸업. 학위 논
문 『귄터 아이히 연구』 및 두번째 시집 『아니다 그
렇지 않다』 출간.

1984 제4회 김수영문학상 수상. 『현대 독문학의 이해』
편저.

1985 베르톨트 브레히트 번역 시집 『살아남은 자의 슬픔』
출간.

1986 세번째 시집 『크낙산의 마음』 및 귄터 아이히 방송
극집 『알라신의 마지막 이름』 출간.

1987 귄터 아이히 번역 시집 『햇빛 속에서』 출간. 84인 공
동 시집 『서울의 우울』 편저.

1988 초기 시선집 『희미한 옛사랑의 그림자』 및 네번째
시집 『좀팽이처럼』 출간.

1990 샌프란시스코 세계작가회의 참석. 본 대학교 초청
시 낭독회. 다섯번째 시집 『아니리』 출간.

1991 독일 지겐 대학교 객원 교수. 한국 대표 시인 선집
『대장간의 유혹』 간행. 런던에서 영역 시집 *Faint
Shadows of Love* 출간.

1992 도쿄 개최 한일작가회의 참석. 베를린 문학교류회
LCB 초청 한국 문학의 주간 참가.

1993	서울 개최 독일 문학의 주간 행사. 이후 한독 문학 교류 행사 연례화.
1994	제4회 편운문학상 수상. 여섯번째 시집 『물길』 출간.
1996	산문집 『육성과 가성』 출간.
1997	뒤셀도르프 하이네 기념관 초청 시 낭독회.
1998	일곱번째 시집 『가진 것 하나도 없지만』 출간. 오스트리아 빈 대학교 객원 교수.
1999	빌레펠트에서 독역 시집 *Die Tiefe der Muschel* 출간. 빈에서 오스트리아 문학협회 초청 시 낭독회.
2000	라이프치히와 취리히에서 시 낭독회. 서울에서 〈시의 숨결〉 시 낭송회.
2001	회갑 기념 문집 『김광규 깊이 읽기』 발간. 중반기 시선집 『누군가를 위하여』 출간. 뮌헨 괴테 포럼 주최 〈대도시 서울 작가 초청 작품 낭독회〉 참가.
2002	콜럼비아 메데진에서 개최된 세계 서정시대회 참가.
2003	시집 『처음 만나던 때』 출간. 슈투트가르트 작가의 집 초청 2개월 체류. 제11회 대산문학상 수상.
2004	일역 시집 『金光圭 詩集』(도쿄) 출판. 와세다 대학교 초청 시 낭독 및 강연.
2005	두번째 영역 시집 *The Depths of A Clam*(버팔로) 출판. 스페인어 역 시집 *Tenues sombras del viejo amor*(마드리드) 출판. 프랑크푸르트 국제도서전 한

국 주빈국 행사 참가.

2006   산문집 『천천히 올라가는 계단』 출간. 미국 버팔로 대학교, 하버드 대학교, 버클리 대학교 초청 낭독회 개최. 독일 언어문학예술원의 프리드리히 군돌프 상 수상. 한양대학교 정년 퇴임.

2007   시집 『시간의 부드러운 손』 출간. 중역 시집 『模糊 的旧愛之影』(베이징) 출판. 베이징과 상하이에서 시 낭독 및 강연. 제19회 이산문학상 수상.

2008   제5회 이미륵 상(한독협회 제정) 수상.

2010   스페인 마드리드와 말라가 대학교에서, 독일 라이프 치히와 예나에서, 그리고 중국 베이징 인민대학교와 위해 산동대학교에서 시 낭독 및 강연. 두번째 독역 시집 *Botschaften vom grünen Planeten*(괴팅겐) 출판.

2011   열번째 시집 『하루 또 하루』 출간. 제16회 『시와 시 학』 작품상 수상.

2012   체코어 번역 시집 프라하에서 출판. 유럽 문화 교류 대상(한국 유럽학회 제정) 수상. LA 한인 문학회에 서 작품 낭독.

2013   아랍어 번역 시집을 알렉산드리아에서 출판. 베트남 어 번역 시집을 하노이에서 출판. 네번째 영역 시집 *One Day, Then Another* 출판.

원문 출처

『좀팽이처럼』, 문학과지성사, 1988

감나무 바라보기/하얀 비둘기/달팽이의 사랑/잠자리/나뭇잎 하나/가을날/밤 눈/나무/좀팽이처럼/대장간의 유혹/재수 좋은 날/부끄러운 월요일/아빠가 남긴 글/작은 꽃들/동서남북/대웅전 뒤쪽/문 앞에서

『아니리』, 문학과지성사, 1990

봄놀이/연통 속에서/그 집 앞/자라는 나무/느티나무 지붕/오솔길/초겨울/진양조/백조의 춤/龍山寺/새 기르기/五友歌/이끼/아니리 8/노동절/그이

『물길』, 문학과지성사, 1994

까치의 고향/노루목 밭터/P/형이 없는 시대/미끄럼/어느 選帝侯의 동상/바다/어둠 속 걷기/물길/화초의 가족/자리/나쁜 놈/라인 강/세검정 길/갈잎나무 노래/熱帶鳥/그리마와 귀뚜라미

『가진 것 하나도 없지만』, 문학과지성사, 1998

중얼중얼/대성당/석근이/탄곡리에서/주머니 없는 옷/바지만 입고/동해로 가는 길/길을 물으면/시름의 도시/새밥/느릿느릿/시조새/돌이 된 나무/나무로 만든 부처/끝의 한 모습/쓸모 없는 친구/밤새도록 잠 못 이루고/누군가를 위하여/서울에서 속초까지/가진 것 하나도 없지만

◣◥ 문지스펙트럼

제1영역 한국 문학선

1-001 별(황순원 소설선/박혜경 엮음)

1-002 이슬(정현종 시선)

1-003 정든 유곽에서(이성복 시선)

1-004 굴(윤후명 소설선)

1-005 별 헤는 밤(윤동주 시선/홍정선 엮음)

1-006 눈길(이청준 소설선)

1-007 고추잠자리(이하석 시선)

1-008 한 잎의 여자(오규원 시선)

1-009 소설가 구보씨의 일일(박태원 소설선/최혜실 엮음)

1-010 남도 기행(홍성원 소설선)

1-011 누군가를 위하여(김광규 시선)

1-012 날개(이상 소설선/이경훈 엮음)

1-013 그때 제주 바람(문충성 시선)

1-014 보이는 것을 바라는 것은 희망이 아니므로(마종기 시선)

1-015 내가 당신을 얼마나 꿈꾸었으면(김형영 시선)

제2영역 외국 문학선

2-001 젊은 예술가의 초상 1(제임스 조이스/홍덕선 옮김)

2-002 젊은 예술가의 초상 2(제임스 조이스/홍덕선 옮김)

2-003 스페이드의 여왕(푸슈킨/김희숙 옮김)

2-004 세 여인(로베르트 무질/강명구 옮김)

2-005 도둑맞은 편지(에드가 앨런 포/김진경 옮김)

2-006 붉은 수수밭(모옌/심혜영 옮김)

2-007 실비/오렐리아(제라르 드 네르발/최애리 옮김)

2-008 세 개의 짧은 이야기(귀스타브 플로베르/김연권 옮김)

2-009 꿈의 노벨레(아르투어 슈니츨러/백종유 옮김)

2-010 사라진느(오노레 드 발자크/이철 옮김)

2-011 베오울프(작자 미상/이동일 옮김)

2-012 육체의 악마(레이몽 라디게/김예령 옮김)

2-013 아무도 아닌, 동시에 십만 명인 어떤 사람
      (루이지 피란델로/김효정 옮김)

2-014 탱고(루이사 발렌수엘라 외/송병선 옮김)

2-015 가난한 사람들(모리츠 지그몬드 외/한경민 옮김)

2-016 이별 없는 세대(볼프강 보르헤르트/김주연 옮김)

2-017 잘못 들어선 길에서(귄터 쿠네르트/권세훈 옮김)

2-018 방랑아 이야기(요제프 폰 아이헨도르프/정서웅 옮김)

2-019 모데라토 칸타빌레(마르그리트 뒤라스/정희경 옮김)

2-020 모래 사나이(E. T. A. 호프만/김현성 옮김)

2-021 두 친구(G. 모파상/이봉지 옮김)

2-022 과수원/장미(라이너 마리아 릴케/김진하 옮김)

2-023 첫사랑(사뮈엘 베케트/전승화 옮김)

2-024 유리 학사(세르반테스/김춘진 옮김)

2-025 궁지(조리스-카를 위스망스/손경애 옮김)

2-026 밝은 모퉁이 집(헨리 제임스/조애리 옮김)

2-027 마틸데 뫼링(테오도르 폰타네/박의춘 옮김)

2-028 나비(왕멍/이욱연·유경철 옮김)

2-029 모자(토마스 베른하르트/김현성 옮김)

제3영역 세계의 산문

3-001 오드라덱이 들려주는 이야기(프란츠 카프카/김영옥 옮김)

3-002 자연(랠프 왈도 에머슨/신문수 옮김)

3-003 고독(로자노프/박종소 옮김)

3-004 벌거벗은 내 마음(샤를 보들레르/이건수 옮김)

3-005 말라르메를 만나다(폴 발레리/김진하 옮김)

3-006 보들레르의 수첩(샤를 보들레르/이건수 옮김)

제4영역 문화 마당

4-001 한국 문학의 위상(김현)

4-002 우리 영화의 미학(김정룡)

4-003 재즈를 찾아서(성기완)

4-004 책 밖의 어른 책 속의 아이(최윤정)

4-005 소설 속의 철학(김영민·이왕주)

4-006 록 음악의 아홉 가지 갈래들(신현준)

4-007 디지털이 세상을 바꾼다(백욱인)

4-008 신혼 여행의 사회학(권귀숙)

4-009 문명의 배꼽(정과리)

4-010 우리 시대의 여성 작가(황도경)

4-011 영화 속의 열린 세상(송희복)

4-012 세기말의 서정성(박혜경)

4-013 영화, 피그말리온의 꿈(이윤영)

4-014 오프 더 레코드, 인디 록 파일(장호연·이용우·최지선)

4-015 그 섬에 유배된 사람들(양진건)

4-016 슬픈 거인(최윤정)

4-017 스크린 앞에서 투덜대기(듀나)

4-018 페넬로페의 옷감 짜기(김용희)

4-019 건축의 스트레스(함성호)

4-020 동화가 재미있는 이유(김서정)

제5영역 우리 시대의 지성

5-001 한국사를 보는 눈(이기백)

5-002 베르그송주의(질 들뢰즈/김재인 옮김)

5-003 지식인됨의 괴로움(김병익)

5-004 데리다 읽기(이성원 엮음)

5-005 소수를 위한 변명(복거일)

5-006 아도르노와 현대 사상(김유동)

5-007 민주주의의 이해(강정인)

5-008 국어의 현실과 이상(이기문)

5-009 파르티잔(칼 슈미트/김효전 옮김)

5-010 일제 식민지 근대화론 비판(신용하)

5-011 역사의 기억, 역사의 상상(주경철)

5-012 근대성, 아시아적 가치, 세계화(이환)

5-013 비판적 문학 이론과 미학(페터 V. 지마/**김태환 편역)**

5-014 국가와 황홀(송상일)

5-015 한국 문단사(김병익)

5-016 소설처럼(다니엘 페나크/이정임 옮김)

5-017 날이미지와 시(오규원)

5-018 덧없는 행복(츠베탕 토도로프/고봉만 옮김)

5-019 복화술사들(김철)

5-020 경제적 자유의 회복(복거일)

제6영역 지식의 초점

6-001 고향(전광식)

6-002 영화(볼프강 가스트/조길예 옮김)

6-003 수사학(박성창)

6-004 추리소설(이브 뢰테르/김경현 옮김)

6-005 멸종(데이빗 라우프/장대익·정재은 옮김)

6-006 영화와 음악(구경은)

제7영역 세계의 고전 사상

7-001 쾌락(에피쿠로스/오유석 옮김)

7-002 배우에 관한 역설(드니 디드로/주미사 옮김)

7-003 향연(플라톤/박희영 옮김)

7-004 시학(아리스토텔레스/이상섭 옮김)